AF337631

PREMIER DISCOURS

DE MONSIEUR

BOUILLEROT,

Successeur de M. FRANÇOIS FEU,
Curé de Saint Gervais.

1761.

PREMIER DISCOURS

DE M. BOUILLEROT,

Succeffeur de M. FRANÇOIS FEU,
Curé de Saint Gervais.

NOUS fommes donc ap-
pellés, MES FRERES, pour
exercer parmi vous le mi-
niftere de la Parole fainte.
Cette Paroiffe eft donc la vigne où
nous devons travailler, le champ
que nous devons cultiver ; nos def-
tinées éternelles font donc liées avec
les vôtres : nous ne pouvons donc
plus nous fauver, ni nous perdre
feul. Que ces réflexions font terribles ! A peine la Providence nous
a-t-elle deftinés au gouvernement de
cette Eglife, qu'à l'inftant nous nous
fommes rappellés devant Dieu ces
vérités effrayantes. La pefanteur du

A ij

fardeau dont nous allions nous charger , confideré de l'œil de la Religion & de la Foi , nous donna de
vives alarmes , & nous craignions
que nos forces & notre courage ne
fuſſent au-deſſous de l'épreuve : mais
bientôt promenant nos regards dans
la vaſte étendue de cette Paroiſſe ,
à la vue du ſpectacle de deuil , de
douleur , de larmes , de conſternation
générale qui s'y préſenta de toutes
parts lors de la mort du Paſteur que
vous regrettez ; touchés , pénetrés ,
attendris , nous nous dîmes à nous-
mêmes : Quoi qu'en diſe le libertinage & l'impieté , il eſt donc encore
des ames vraiement chrétiennes , des
familles vertueuſes ; il eſt donc encore des cœurs tendres , généreux
reconnoiſſans , qui connoiſſent tou
le prix du zèle & de la charité
Alors nous avons formé de nou-
veaux projets de dévouement , d'at-
tachement pour vous , mes Freres.
Je ne ſçais quelles penſées encoura-
geantes nous ont ranimés : nous nous
ſommes tout promis de la droiture
de vos intentions , & nous n'avon

plus eu d'autres craintes, sinon, que les consolations humaines ne diminuassent devant Dieu le foible mérite de nos actions. Que nous serions à plaindre, mes Freres, si nous n'avions pas étudié, médité toute l'étendue de nos devoirs avant de nous engager dans la carriere! Ecoutons saint Chrysostôme, le modele & le maître des vertus Pastorales. ›› Tout ›› Pasteur, nous dit ce Pere, doit ›› être un homme d'instruction, un ›› homme de priere, un homme de ›› charité. Mais, reprend ce saint Docteur, ›› ses engagemens sont re- ›› latifs aux devoirs des peuples dont ›› le salut nous est confié : nos obliga- ›› tions sont solidaires ‹‹. Comment cela, Chrétiens ? Le voici : Si nous devons être des hommes d'instruc- tion, vous devez être des hommes d'attention & de docilité : si nous devons être des hommes de priere, vous devez prier pour nous & avec nous : si nous devons être des hom- mes de charité, vous devez être nos coopérateurs. Ce fut par la pratique constante de ces différens devoirs que le Pasteur que vous pleurez, se distingua pendant près d'un siecle dans les exercices du saint Ministere. Dans la jeunesse, dans la maturité de l'âge, dans les glaces de la vieillesse, il fut toujours un homme d'instruction, un homme de priere, un homme de charité. Dans un âge où l'on peut à peine porter le poids de la vie, il soutint toutes les fatigues & les détails de sa place; il n'en interrompit jamais le cours laborieux jusqu'au moment où, consultant plus son zèle que ses forces, victime de la charité, il reçut, pour ainsi dire, le coup de la mort au pied de l'Autel.

PREMIERE SOUSDIVISION.

Et d'abord je dis que nous devons être des hommes d'instruction.

A peine le Ciel eut-il donné aux hommes une révélation écrite, que la prédication ou plutôt l'explication de ses Loix divines, devint une des principales parties du culte public. Depuis un temps dont l'époque se perd dans les siecles les plus reculés, disoit l'Apôtre saint Pierre: *Temporibus antiquis*; dans toutes les Villes où les Enfans d'Israël ont des Synagogues, les Docteurs de la Loi les assemblent le jour du Sabbat, leur lisent la Loi de Moyse, & leur en donnent l'explication. Jesus-Christ vient annoncer au Monde une nouvelle Doctrine: il l'annonce lui-même dans toutes les Provinces de la Judée! Il se choisit des Apôtres, des Disciples, qu'il en rend dépositaires. Il les envoie, à son exemple, prêcher à toutes les Nations ces vérités de salut: *Comme mon Pere m'a envoyé, dit-il, je vous envoie*. Des Eglises se forment, s'établissent sous les pas des Apôtres: le dépôt inaltérable de la Doctrine évangélique passe, se transmet jusqu'à nous. De siecle en siecle le ministere de la Parole est successivement confié à d'autres Ministres pour instruire les peuples qui sont confiés à leurs soins. Dès le second siecle de l'Eglise, saint Justin dans une de ses Apologies, en décrivant

A iv

le culte public de son temps, semble faire la description du nôtre. » On lit, dit ce saint Martyr, dans » nos Assemblées les divines Ecritures ; quand la lecture a fini, celui qui préside à l'Assemblée adresse » un Discours au peuple, afin de » l'instruire & de l'édifier «. Un Pasteur doit donc expliquer le Texte sacré : tantôt suivant les occasions, il doit apprendre aux peuples les Dogmes de la Foi, exposer ses motifs victorieux, développer les preuves lumineuses qui démontrent la vérité du Dogme contre l'incrédule : tantôt exposer toute la beauté, l'harmonie, l'utilité de la Morale chrétienne, pour le bonheur de la Société & la gloire des Empires : apprendre aux Déistes, à l'impie Panégyriste perpétuel des vertus sociales qu'il ne pratique pas, que la seule Religion chrétienne donne à l'homme des secours pour subjuguer les passions les plus fieres & les plus violentes, qu'elle lui ouvre des sources de salut & de force où il ne tient qu'à lui de puiser. Il doit ins-

truire l'ignorant, ébranler la con-
fcience du pécheur, confondre l'impie, affermir le jufte contre la féduction du monde. Héritier du fang
des Apôtres, il doit dévoiler le vice
avec courage, avec fermeté, repren-
dre, corriger à temps & à contre-
temps, felon l'expreffion de l'Apôtre: *Infta opportunè, importunè.* » Un
» Pafteur, dit un Pere de l'Eglife,
» femblable aux deux grandes Lu-
» mieres que Dieu plaça dans le
» firmament, doit préfider au jour
» & à la nuit: Au jour, en guidant
» la foi & la piété docile des Fideles :
» A la nuit, en diffipant les téne-
» bres du libertinage & de l'erreur. «
Comme Moyfe, nous montons fur
la montagne de Sinaï pour y con-
fulter l'Eternel, & nous venons
enfuite vous annoncer les volontés
du Seigneur. Vous devez donc, mes
Freres, nous écouter avec attention
comme les dépofitaires de la Tradi-
tion & les Interpretes de la Loi ;
avec docilité, comme des Maîtres
établis pour éclairer vos doutes, dif-
fiper vos incertitudes, & vous faire

connoître les verités éternelles du
falut.

Avec quelle conflance infatiga-
ble le Pafteur qui vient d'emporter
vos regrets, ne s'acquitta-t-il pas de
cette fonction publique de notre
Miniftere ! Le voir, l'entendre, l'ad-
mirer , étoit pour vous la même
chofe. Ses fervices, fon âge, lui
donnoient des droits fur vos cœurs;
& il les ouvroit fans peine à la per-
fuafion & à l'édification. C'étoit un
ami qui parloit à des amis, un frere
à des freres, un pere à des enfans.
Il vous avoit vu naître : c'étoit le
cœur qui parloit, & le langage du
cœur eft toujours éloquent.

SECONDE SOUSDIVISION.

Si nous devons être des hommes
d'inftruction, nous devons encore
être des hommes de priere. En vain
femons-nous, fi Dieu ne donne pas
l'accroiffement ; nos inftructions ne
font plus qu'un vain bruit qui frappe
l'air. C'eft la priere qui fait toute la
force, & qui donne l'ame & la vie

à toutes les fonctions de notre Ministere. » Dans l'ordre de l'économie
» divine, dit saint Augustin, le suc-
» cès des vœux des peuples semblent
» dépendre des prieres de leurs Mi-
» nistres «. C'est à la priere de Moyse
& d'Aaron que le Seigneur répand
ses bénédictions sur Israël, qu'il mul-
tiplie ses prodiges, qu'il abandonne,
pour ainsi dire, les droits de sa justi-
ce. L'iniquité est-elle à son comble?
Quand la coupe de sa colere est prête
à se répandre, il ordonne à ses Ministres de ne pas prier pour son peuple. » Quand Moyse & Samuel, dit
» le Seigneur à Jeremie, se présen-
» teroient devant moi, ils ne désar-
» meroient pas mon bras; ils ne sus-
» pendroient pas les coups terribles
» de ma vengeance «. Dieu ne résiste
pas à la priere d'un Ministre fidele :
elle prévient les arrêts de sa colere.
C'est à la voix de la priere du Pasteur & du peuple, qu'il ouvre, qu'il
prodigue les trésors de sa Providence
dans l'ordre de la nature & de la
grace, qu'il accorde les biens du
temps & de l'éternité. Semblable à

[A vj

ces Anges qui montoient & defcendoient de l'échelle de Jacob, un Pafteur vient fe charger des vœux des hommes ; & par la priere il les expofe au Dieu de toute bénédiction, pour l'attendrir fur les miferes de fon peuple.

Revêtu du facré caractere, fa voix s'unit à celle de Jefus-Chrift pour le fecours de fes Freres. C'eft cet Ange de l'Apocalypfe à qui les prieres des Saints font confiées, pour les offrir fur l'Autel. Quel fpectacle touchant fe préfente aux yeux de la Foi dans ces jours où la Religion vous appelle dans le Temple ! Le Pafteur établi pour offrir la Victime de propitiation, entre dans le Sanctuaire. Il voit de toutes parts un Peuple de Fideles, qui, dans le filence des fens, le calme des paffions, oubliant la terre, uniquement occupé des intérêts de l'éternité, attend le moment du Sacrifice ; alors il vous avertit d'élever vos cœurs vers le Ciel, *Surfum corda* : vous lui répondez qu'ils font élevés vers le Seigneur. Sûr de vos difpofitions, il préfente vos prieres au Dieu de toute confolation ; il lui expofe vos befoins ; il vous offre au Seigneur en Jefus-Chrift, par Jefus-Chrift, avec Jefus-Chrift. Vos vœux font alors exaucés, vos réfolutions reçues, vos cœurs échauffés, enflammés du divin amour : le Ciel eft fur la terre. Ah ! que les tentes de Jacob font belles ! Que notre Religion eft digne de l'homme ! elle l'éleve, l'anoblit, agrandit, divinife, pour ainfi dire, fon ame. Puiffe la décence & la pompe du culte faint répondre à de fi nobles objets ! Puiffent-ils fe renouveller, fe reproduire, renaître parmi nous, les fiecles des Conftantin, des Théodofe, jours heureux où, fous la protection des Céfars, la majefté du culte divin brilloit avec tant d'éclat & de dignité ! Les détails intéreffans que nous en ont laiffé les Hiftoriens de ces temps, touchent & pénetrent encore la vraie piété. Un Lecteur qui aime la Religion, les lit & les relit avec un nouveau plaifir ; il ne les voit difparoître qu'avec peine.

L'exactitude, l'attention du Pasteur que vous aimiez, alloit sur cette article jusqu'au scrupule. Avec quelle assiduité ne se rendoit-il pas dans le Temple pour unir ses prieres aux vôtres ! Les miseres, les infirmités, au prix desquelles nous payons si chérement le nombre des années, sembloient l'avoir respecté, pour laisser à son zèle, à sa ferveur, une libre carriere : sa voix se faisoit encore entendre dans le Sanctuaire, pour vous annoncer les momens de salut. Ses mains, en dépit des années, s'élevoient encore sans secours pour présenter vos vœux au Seigneur. A la tête d'un peuple qu'il aimoit en Dieu & pour Dieu, ses forces se ranimoient ; alors il reprenoit un nouvel être : sa jeunesse se renouvelloit comme celle de l'aigle, & ces jours que le zèle même redoute, ces solemnités accablantes par les détails du Ministere, il les prévenoit par ses vœux, parce qu'alors sa piété se consoloit par le spectacle de la vôtre.

TROISIEME SOUSDIVISION.

Je dis enfin que nous devons être des hommes de charité.

C'eſt la charité qui doit animer, couronner, conſommer toutes les fonctions du ſaint Miniſtere. Moyſe fut un homme de charité : avec quelle douceur , quelle patience n'écoute-t-il pas les murmures des Iſraélites ! avec quel zèle , quelle ardeur ne s'applique-t-il pas à pourvoir à leurs beſoins ! *Vir mitiſſimus ſuper omnes.* Jeſus-Chriſt deſcend ſur la terre. Ce Dieu diſparoît, pour ainſi dire , & ne laiſſe appercevoir que l'homme de charité. Ses prodiges , ſes miracles annoncent moins le Dieu de puiſſance , que le Dieu de tendreſſe , de bonté , de miſéricorde. En parcourant les villes & les campagnes, diſoit l'Apôtre ſaint Pierre , on l'a vu faiſant du bien à tout le monde : *Pertranſiit benefaciendo & ſanando omnes.* L'eſprit du Maître ſe perpétue dans l'ame de ſes Diſciples : ce que Jeſus-Chriſt a fait les Apôtres & leurs Succeſſeurs l'ont fait à ſon exemple. La compaſſion pour les malheureux a toujours été une des vertus inſéparables de l'Apoſtolat. N'être heureux que du bonheur des autres hommes, s'oublier pour le Prochain, employer ſes talens auprès des riches & des puiſſans du ſiécle pour les intéreſſer en faveur des pauvres ; interrompre, même ſuſpendre le cours des fonctions évangéliques pour ſecourir l'indigence, tel a été le plan de la conduite des Apôtres ; Paul & Barnabé abandonnent l'œuvre de l'Apoſtolat, pour porter des aumônes aux Fideles de Jéruſalem. Tels ſont, mes Freres, les modeles que nous devons imiter. Quels détails de bonnes œuvres la charité ne préſente-t-elle pas, dans ce ſiécle malheureux, à un Miniſtre ſelon le cœur de Dieu ! que ne puis-je vous les expoſer toutes pour l'honneur de la Religion & de l'humanité ! Tantôt entrer dans le détail de mille beſoins, de mille miſeres, percer les ténebres dont ſe couvre l'indigence honteufe, défendre le Pauvre contre le froid, la faim, la maladie ; mettre l'innocence à l'abri de la féduction, fecourir la vertu malheureufe, effuyer les larmes des affligés, réconcilier des cœurs aigris & aliénés, faire tomber les armes des mains de la vengeance, refferrer des liens confacrés par la Religion, & que l'antipathie s'efforce de rompre ; tantôt aller chez le malade & l'infirme, profiter de ces momens où le feu des paffions eft éteint, où la foi reprend toute fon autorité, tout fon crédit, pour ramener le pécheur à fon devoir, à la vertu ; lui annoncer les reffources que la Religion lui offre, lui montrer la main qui le frappe & lui apprendre à la bénir ; laiffer même quelquefois le troupeau, pour courir après la brebis égarée, & dans ces circonftances faire ceder des devoirs publics à des particuliers, voilà, mes Freres, nos obligations, nos engagemens. De tous ces différents minifteres de charité, en fut-il un feul qui échappât au zèle du Pafteur que la mort vient

de vous enlever ? Élevez ici votre
voix, parlez ici pour moi, Citoyens
infortunés, dont il soutint & affer-
mit l'édifice chancelant de la fortune, prêt à s'écrouler & à ne laisser
que des ruines. Parlez, Meres dé-
solées, Veuves plongées dans la douleur & l'amertume ; vous trouverez
dans lui un nouvel Élie, qui s'atten-
driffoit fur vos malheurs, & s'effor-
çoit de les réparer & de vous con-
foler. Élevez votre voix, parlez, Familles éplorées, afyle de l'indigence
& de la douleur ; à la vue & au récit
de vos miferes, fes entrailles étoient
émues, une fainte triflefle fe répan-
doit fur lui-même ; il vous tendoit
une main charitable. Parlez, élevez
ici votre voix, vous qui devez votre
innocence, votre vertu, & peut-
être votre fortune, au fage Établif-
fement qu'il inftitua dans cette Paroiffe pour l'éducation de la Jeuneffe. Parlez, Famille divifée, dont
il pacifia les différends dans le fein
même de l'opulence ; vous n'en
goûtiez pas les douceurs ; les querelles, les diffentions, les animofi-

tés répandoient l'amertume sur vos
plus beaux jours. Vous traîniez dans
les troubles & les alarmes une vie
triste & ennuyeuse : vous soupiriez
pour la paix. Vous l'établissiez ar-
bitre de vos différends ; & les ani-
mosités , les querelles étoient as-
soupies, les ressentimens étouffés ,
les liens de l'amitié renoués , les
intérêts conciliés. Parlez , élevez
votre voix, Pauvres infortunés , de
tout état, de toutes conditions, dont
il soulagea toutes les especes de miseres. Montrez ces robes, ces vête-
mens que Dorcas faisoit pour vous.
Que le cri de la reconnoissance per-
ce, & que votre voix s'éleve & se
fasse entendre dans ce Temple pour
annoncer des actions si glorieuses
pour la Religion ! Que vos pleurs
arrosent son tombeau ! Que le con-
cert unanime de vos regrets & de
vos soupirs supplée à mes foibles
efforts ! Le feu du génie, la force,
le brillant, les couleurs les plus vives de l'éloquence humaine, sont
au-dessous de ces détails attendris-
sans. Le pinceau tombe alors des

mains de l'Orateur le plus habile. C'eſt le ſentiment qui les imprime, & c'eſt au ſeul ſentiment à les rendre.

Pauvres de Jeſus - Chriſt, indigens dont le triſte état ſera toujours l'objet de nos ſollicitudes les plus preſſantes, ſi les conſolations, les ſecours que votre ſituation demande de nous, étoient moins abondans, n'en accuſez pas mon cœur : je ne ceſſerai d'être auprès des riches l'interprete de vos ſoupirs & de votre reconnoiſſance. Que dis-je ! ce n'eſt pas ſur cette Paroiſſe que le zèle doit tenir ce langage : on le prévient, mes Freres. Vous donnates, ou plutôt vos peres donnerent leur confiance à mon Prédéceſſeur dès les premiers temps de ſon adminiſtration. Cette confiance ſi méritée s'accrut avec les années ; ayez pour moi la même indulgence, j'oſe vous répondre devant Dieu du même effort pour la mériter.

Le Clergé. Lévites de la Tribu ſainte, nos fidelles Coopérateurs dans les travaux pénibles du Miniſtere évangélique , nous ne cesserons de vous demander le même zèle , la même assiduité , les mêmes services qui vous ont rendu & qui vous rendent encore précieux à cette Paroisse ; nous n'oublierons jamais cette maxime de l'Apôtre , que nous devons tous vivre en freres : *non dominantes in Cleris.*

Il en est un parmi vous dont la M. le Vicaire capacité, les talens , le mérite exigent spécialement tout l'abandon de notre confiance & de la vôtre. Nous trouvons dans lui un Guide que nous suivrons, un Modéle que nous imiterons, un Collegue dont nous nous efforcerons de partager les travaux & les fatigues. Homme droit, vrai, sincere : puisse-t-il appercevoir dans nous les mêmes qualités du cœur ! Puisse cette conformité d'inclinations nous lier & nous unir pour le gouvernement de cette Paroisse , enforte que nos opérations communes soient moins notre ouvrage , que le fruit de ses conseils & de sa sagesse !

Pour vous, Messieurs , qui avez M M. les Marguilliers,

bien voulu vous charger des intérêts temporels de cette Eglise, que l'union & la concorde nous réunissent toujours pour le bien de cette Paroisse ! Que la paix, qui depuis tant d'années regne parmi vous, y fixe à jamais son séjour & y perpétue ses douceurs ; qu'elle en éloigne, qu'elle en banniffe ces querelles, ces diffentions dont retentissent les Tribunaux, souvent à la honte de la raison, toujours au scandale de la Religion !

M. Morfontaine, Maître des Requêtes & Marguillier d'honneur.

Que le digne Chef qui vous préside, veuille bien nous continuer ses soins & ses affiduités ! Que son nom confacré dans le Temple de la Juftice, s'immortalife dans le Sanctuaire de la Religion !

Les Dames de Charité.

Quels égards, quelle considération, quelle reconnoissance ne devons-nous pas avoir pour ces chaftes Epoufes de Jefus-Chrift, ces Victimes généreufes de la charité chrétienne ; ces Dames refpectables que nous voyons la nuit & le jour voler au secours des malheureux, les affifter dans leurs maladies,

recueillir leurs foupirs , & contre
tous les genres de miferes leur mé-
nager tous les genres de fecours !
Nous les défendrons contre les ca-
lomnies de ces Pauvres qui voudroient les délices de l'abondance ,
lorfque l'on ne peut, qu'on ne doit
leur accorder que le néceffaire ; de
ces Pauvres, victimes de la pareffe
& du libertinage , qui ne voudroient
avoir de la religion que les aumônes.
Nous donnerons tous nos foins &
toute notre attention aux fages Eta-
bliffemens formés pour faciliter l'é-
ducation de la Jeuneffe. Nous aide-
rons autant qu'il dependera de nous
ces faintes Filles qui s'étudient à
jetter dans de jeunes cœurs les fe-
mences de la vertu ; cet Etabliffe-
ment auffi précieux à la Religion
qu'à la Patrie , & qui intéreffe &
doit intéreffer autant les Chrétiens
que le Citoyen.

Vous tous, M. C. F. , dont le falut
nous eft confié , nous n'oublierons
jamais devant Dieu vos intérêts éter-
nels ; la nuit & le jour vous pouvez
difpofer de nous : quelque foibles

que soient nos forces, nous les
ploierons toutes pour vous, no
sommes à vous, & pour vous. Veuill
le Ciel couronner par ses graces la
sincérité de nos résolutions ! Puisse
la piété s'allumer, s'accroître, se
perfectionner parmi vous ! Puisse le
Pasteur se sanctifier avec le Troupeau ! afin qu'après avoir travaillé
sur la terre à notre sanctification com-
mune, nous puissions tous en rece-
voir la récompense dans le Ciel, &
y jouir de l'immortalité bienheu-
reuse, que je vous souhaite. Ainsi
soit-il.

Nota. S'il s'est glissé quelques fautes dans
le présent Discours, c'est qu'il est imprimé
à l'insçu de l'Auteur, & que l'on n'a pu
le suivre assez promptement.